KB034724

문학과지성 시인선 438

서랍에 저녁을 넣어 두었다

한 강 시집

문학과지성사

문학과지성 시인선 438

서랍에 저녁을 넣어 두었다

초판 1쇄 발행 2013년 11월 15일
초판 58쇄 발행 2025년 1월 8일

지 은 이 한강
펴 낸 이 이광호
펴 낸 곳 ㈜문학과지성사

등록번호 제1993-000098호
주   소 04034 서울 마포구 잔다리로7길 18(서교동 377-20)
전   화 02)338-7224
팩   스 02)323-4180(편집)   02)338-7221(영업)
전자우편 moonji@moonji.com
홈페이지 www.moonji.com

© 한강, 2013. Printed in Seoul, Korea

ISBN 978-89-320-2463-9 03810

문학과지성 시인선 438

서랍에 저녁을 넣어 두었다

한 강

2013

시인의 말

어떤 저녁은 투명했다.
(어떤 새벽이 그런 것처럼)

불꽃 속에
둥근 적막이 있었다.

2013년 11월
한 강

서랍에 저녁을 넣어 두었다

차례

시인의 말

1부 새벽에 들은 노래

어느 늦은 저녁 나는 11

새벽에 들은 노래 12

심장이라는 사물 14

마크 로스코와 나 16

마크 로스코와 나 2 19

휠체어 댄스 22

새벽에 들은 노래 2 24

새벽에 들은 노래 3 26

저녁의 대화 28

서커스의 여자 30

파란 돌 33

눈물이 찾아올 때 내 몸은 텅 빈 항아리가 되지 36

이천오년 오월 삼십일, 제주의 봄바다는 햇빛이 반.
물고기 비늘 같은 바람은 소금기를 힘차게 내 몸에
끼얹으며, 이제부터 네 삶은 덤이라고 38

2부 해부극장

조용한 날들 41

어두워지기 전에 43

해부극장 44

해부극장 2 46

피 흐르는 눈 52

피 흐르는 눈 2 54

피 흐르는 눈 3 56

피 흐르는 눈 4 58

저녁의 소묘 60

조용한 날들 2 62

저녁의 소묘 2 64

저녁의 소묘 3 65

3부 저녁 잎사귀

여름날은 간다 69

저녁 잎사귀 70

효에게. 2002. 겨울 72

괜찮아 75

자화상. 2000. 겨울 78

회복기의 노래 80

그때 81

다시, 회복기의 노래. 2008 82

심장이라는 사물 2 84

저녁의 소묘 4 85

몇 개의 이야기 6　86

몇 개의 이야기 12　87

날개　88

4부 거울 저편의 겨울

거울 저편의 겨울　91

거울 저편의 겨울 2　97

거울 저편의 겨울 3 100

거울 저편의 겨울 4 102

거울 저편의 겨울 5 104

거울 저편의 겨울 6 105

거울 저편의 겨울 7 108

거울 저편의 겨울 8 110

거울 저편의 겨울 9 111

거울 저편의 겨울 10 113

거울 저편의 겨울 11 115

거울 저편의 겨울 12 116

5부 캄캄한 불빛의 집

캄캄한 불빛의 집 121

첫새벽 124

회상 126

무제 128

어느 날, 나의 삶은 129

오이도 130

서시 131

유월 134

서울의 겨울 12 136

저녁의 소묘 5 137

해설|개기일식이 끝나갈 때 · 조연정 138

1부
새벽에 들은 노래

어느 늦은 저녁 나는

어느
늦은 저녁 나는
흰 공기에 담긴 밥에서
김이 피어 올라오는 것을 보고 있었다
그때 알았다
무엇인가 영원히 지나가버렸다고
지금도 영원히
지나가버리고 있다고

밥을 먹어야지

나는 밥을 먹었다

새벽에 들은 노래

봄빛과

번지는 어둠

틈으로

반쯤 죽은 넋

얼비쳐

나는 입술을 다문다

봄은 봄

숨은 숨

넋은 넋

나는 입술을 다문다

어디까지 번져가는 거야?

어디까지 스며드는 거야?

기다려봐야지

틈이 닫히면 입술을 열어야지

혀가 녹으면

입술을 열어야지

다시는

이제 다시는

심장이라는 사물

지워진 단어를 들여다본다

희미하게 남은 선의 일부
ㄱ
또는 ㄴ이 구부러진 데
지워지기 전에 이미
비어 있던 사이들

그런 곳에 나는 들어가고 싶어진다
어깨를 안으로 말고
허리를 접고
무릎을 구부리고 힘껏 발목을 오므려서

희미해지려는 마음은
그러나 무엇도 희미하게 만들지 않고

덜 지워진 칼은
길게 내 입술을 가르고

더 캄캄한 데를 찾아

동그랗게 뒷걸음질치는 나의 혀는

마크 로스코와 나
— 2월의 죽음

미리 밝혀둘 것도 없이
마크 로스코와 나는 아무 관계가 없다

그는 1903년 9월 25일에 태어나
1970년 2월 25일에 죽었고
나는 1970년 11월 27일에 태어나
아직 살아 있다
그의 죽음과 내 출생 사이에 그어진
9개월여의 시간을
다만
가끔 생각한다

작업실에 딸린 부엌에서
그가 양쪽 손목을 칼로 긋던 새벽
의 며칠 안팎에
내 부모는 몸을 섞었고
얼마 지나지 않아
한 점 생명이

따뜻한 자궁에 맺혔을 것이다
늦겨울 뉴욕의 묘지에서
그의 몸이 아직 썩지 않았을 때

신기한 일이 아니라
쓸쓸한 일

나는 아직 심장도 뛰지 않는
점 하나로
언어를 모르고
빛도 모르고
눈물도 모르며
연붉은 자궁 속에
맺혀 있었을 것이다

죽음과 생명 사이,
벌어진 틈 같은 2월이
버티고

버텨 마침내 아물어갈 무렵

반 녹아 더 차가운 흙 속
그의 손이 아직 썩지 않았을 때

마크 로스코와 나 2

한 사람의 영혼을 갈라서
안을 보여준다면 이런 것이겠지
그래서
피 냄새가 나는 것이다
붓 대신 스펀지로 발라
영원히 번져가는 물감 속에서
고요히 붉은
영혼의 피 냄새

이렇게 멎는다
기억이
예감이
나침반이
내가
나라는 것도

스며오는 것
번져오는 것

만져지는 물결처럼
내 실핏줄 속으로
당신의 피

어둠과 빛
사이

어떤 소리도
광선도 닿지 않는
심해의 밤
천년 전에 폭발한
성운 곁의
오랜 저녁

스며오르는 것
번져오르는 것

피투성이 밤을
머금고도 떠오르는 것

방금
벼락 치는 구름을
통과한 새처럼

내 실핏줄 속으로
당신 영혼의 피

휠체어 댄스

눈물은
이제 습관이 되었어요
하지만 그게
나를 다 삼키진 않았죠

악몽도
이제 습관이 되었어요
가닥가닥 온몸의 혈관으로
타들어오는 불면의 밤도
나를 다 먹어치울 순 없어요

보세요
나는 춤을 춘답니다
타오르는 휠체어 위에서
어깨를 흔들어요
오, 격렬히

어떤 마술도
비법도 없어요

단지 어떤 것도 날
다 파괴하지 못한 것뿐

어떤 지옥도
욕설과
무덤
저 더럽게 차가운
진눈깨비도, 칼날 같은
우박 조각들도
최후의 나를 짓부수지 못한 것뿐

보세요
나는 노래한답니다
오, 격렬히
불을 뿜는 휠체어
휠체어 댄스

새벽에 들은 노래 2

언제나 나무는 내 곁에

하늘과

나를 이어주며 거기

우듬지

잔가지

잎사귀 거기

내가 가장 나약할 때도

내 마음

누더기,

너덜너덜 넝마 되었을 때도

내가 바라보기 전에

나를 바라보고

실핏줄 검게 다 마르기 전에

그 푸른 입술 열어

새벽에 들은 노래 3

나는 지금
피지 않아도 좋은 꽃봉오리거나
이미 꽃잎 진
꽃대궁
이렇게 한 계절 흘러가도 좋다

누군가는
목을 매달았다 하고
누군가는
제 이름을 잊었다 한다
그렇게 한 계절 흘러가도 좋다

새벽은
푸르고
희끗한 나무들은
속까지 얼진 않았다

고개를 들고 나는

찬 불덩이 같은 해가
하늘을 다 긋고 지나갈 때까지
두 눈이 채 씻기지 않았다

다시
견디기 힘든
달이 뜬다

다시
아문 데가
벌어진다

이렇게 한 계절
더 피 흘려도 좋다

저녁의 대화*

죽음은 뒤돌아서 인사한다.
『너는 삼켜질 거야.』
검고 긴 그림자가 내 목줄기에 새겨진다.

아니,
나는 삼켜지지 않아.

이 운명의 체스판을
오래 끌 거야,
해가 지고 밤이 검고
검어져 다시
푸르러질 때까지

혀를 적실 거야
냄새 맡을 거야
겹겹이 밤의 소리를 듣고
겹겹이 밤의 색채를 읽고
당신 귓속에 노래할 거야

나직이, 더없이,
더없이 부드럽게.
그 노래에 취한 당신이
내 무릎에 깃들어
잠들 때까지.

죽음은 뒤돌아서 인사한다.
『너는 삼켜질 거야.』
검은 그림자는 검푸른 그림자
검푸른
그림자

* 「제7의 봉인」에 부쳐.

서커스의 여자

붉고 긴 천으로
벗은 몸을 묶고
허공에 매달린 여자를 보았다

무덤의 천장에는 시퍼런 별들
순장된 우리는 눈을 빛내고
활짝
네 몸에 감긴 천을 풀어낼 때마다
툭
툭
목숨 떨어지는 소리

걱정 마

나는 아홉 개의 목숨을 가졌어
열아홉 개, 아흔아홉 개인지도 몰라

아흔여덟 번 죽었다가 다시 눈 뜰 때

태아처럼 곱은 허릴 뒤로 젖히고
한번 더 날렵하게 떨어져주지

팽팽히 더 뻗어야지,
붉은 끈이 감긴 다리를

분질러진 발목을
마저 허공에 눕혀야지

눈을 가린 광대가 던져 올리는
색색의 공들처럼
점점 빨라지거나,
영원히 놓치거나

툭
툭
어디서 장사 지내는 소리
울부짖는 소리

들리면 마중 나가야지
더,
좀더 아래로

파란 돌

십 년 전 꿈에 본
파란 돌
아직 그 냇물 아래 있을까

난 죽어 있었는데
죽어서 봄날의 냇가를 걷고 있었는데
아, 죽어서 좋았는데
환했는데 솜털처럼
가벼웠는데

투명한 물결 아래
희고 둥근
조약돌들 보았지
해맑아라,
하나, 둘, 셋

거기 있었네
파르스름해 더 고요하던

그 돌

나도 모르게 팔 뻗어 줍고 싶었지
그때 알았네
그러려면 다시 살아야 한다는 것
그때 처음 아팠네
그러려면 다시 살아야 한다는 것

난 눈을 떴고,
깊은 밤이었고,
꿈에 흘린 눈물이 아직 따뜻했네

십 년 전 꿈에 본 파란 돌

그동안 주운 적 있을까
놓친 적도 있을까
영영 잃은 적도 있을까
새벽이면 선잠 속에 스며들던 것

그 푸른 그림자였을까

십 년 전 꿈에 본
파란 돌

그 빛나는 내〔川〕로
돌아가 들여다보면
아직 거기
눈동자처럼 고요할까

눈물이 찾아올 때 내 몸은 텅 빈 항아리가 되지

거리 한가운데에서 얼굴을 가리고 울어보았지
믿을 수 없었어, 아직 눈물이 남아 있었다니

눈물이 찾아올 때 내 몸은 텅 빈 항아리가 되지
선 채로 기다렸어, 그득 차오르기를

모르겠어, 얼마나 많은 사람들이 나를 스쳐갔는지
거리 거리, 골목 골목으로 흘러갔는지

누군가 내 몸을 두드렸다면 놀랐을 거야
누군가 귀 기울였다면 놀랐을 거야
검은 물소리가 울렸을 테니까
깊은 물소리가 울렸을 테니까
둥글게
더 둥글게
파문이 번졌을 테니까

믿을 수 없었어, 아직 눈물이 남아 있었다니
알 수 없었어, 더는 아무것도 두렵지 않다니

거리 한가운데에서 혼자 걷고 있을 때였지
그렇게 영원히 죽었어, 내 가슴에서 당신은

거리 한가운데에서 혼자 걷고 있을 때였지
그렇게 다시 깨어났어, 내 가슴에서 생명은

이천오년 오월 삼십일, 제주의 봄바다
는 햇빛이 반. 물고기 비늘 같은 바람은
소금기를 힘차게 내 몸에 끼얹으며, 이제
부터 네 삶은 덤이라고

　　어린 새가 날아가는 걸 보았다
　　아직 눈물이 마르지 않았다

2부
해부극장

조용한 날들

아프다가

담 밑에서
하얀 돌을 보았다

오래 때가 묻은
손가락 두 마디만 한
아직 다 둥글어지지 않은 돌

　좋겠다 너는,
　생명이 없어서

아무리 들여다봐도
마주 보는 눈이 없다

어둑어둑 피 흘린 해가
네 환한 언저리를 에워싸고

나는 손을 뻗지 않았다
무엇에게도

아프다가

돌아오다가

지워지는 길 위에
쪼그려 앉았다가

손을 뻗지 않았다

어두워지기 전에

어두워지기 전에
그 말을 들었다.

어두워질 거라고.
더 어두워질 거라고.

지옥처럼 바싹 마른 눈두덩을
너는 그림자로도 문지르지 않고
내 눈을 건너다봤다,
내 눈 역시
바싹 마른 지옥인 것처럼.

어두워질 거라고.

더 어두워질 거라고.

(두려웠다.)
두렵지 않았다.

해부극장[*]

한 해골이
비스듬히 비석에 기대어 서서
비석 위에 놓인 다른 해골의 이마에
손을 얹고 있다

섬세한
잔뼈들로 이루어진 손
그토록 조심스럽게
가지런히 펼쳐진 손

안구가 뚫린 텅 빈 두 눈이
안구가 뚫린 텅 빈 두 눈을 들여다본다

(우린 마주 볼 눈이 없는걸.)

(괜찮아, 이렇게 좀더 있자.)

* 16세기 이탈리아에서 활동한 해부학자 안드레아스 베살리우스
  의 책. 수년간의 급진적 해부 연구 끝에 인간의 뼈와 장기, 근육
  등 정교한 세부를 목판에 새겨 제작했다. 독특한 구도의 해골
  그림들이 실려 있다.

해부극장 2

나에게
혀와 입술이 있다.

그걸 견디기 어려울 때가 있다.

견딜 수 없다, 내가

안녕,
이라고 말하고
어떻게 생각하세요,
라고 말하고
정말이에요,
라고 대답할 때

구불구불 휘어진 혀가
내 입천장에
매끄러운 이의 뒷면에
닿을 때

닿았다 떨어질 때

*

그러니까 내 말은,

안녕.

어떻게 생각하세요.

진심이야.

후회하고 있어.

이제는 아무것도 믿고 있지 않아.

*

나에게
심장이 있다,
통증을 모르는
차가운 머리카락과 손톱들이 있다.

그걸 견디기 어려울 때가 있다

나에게 붉은 것이 있다, 라고
견디며 말한다
일 초마다 오므렸다 활짝 펼쳐지는 것,
일 초마다 한 주먹씩 더운 피를 뿜어내는 것이 있다

*

수년 전 접질렸던 발목에

새로 염증이 생겨
걸음마다 조용히 불탈 때가 있다

그보다 오래전
교통사고로 다친 무릎이
마룻장처럼 삐걱일 때가 있다

그보다 더 오래전 으스러졌던 손목이
손가락 관절들이
다정하게
고통에 찬 말을 걸어온다

*

그러나 늦은 봄 어느 오후
검푸른 뢴트겐 사진에 담긴 나는
그리 키가 크지 않은 해골

살갗이 없으니
물론 여위었고
역삼각형의 골반 안쪽은 텅 비어 있다
엉치뼈 위의 디스크 하나가
초승달처럼 곱게, 조금 닳아 있다

썩지 않을,
영원히 멈춰 있는
섬세한 잔뼈들

뻥 뚫린 비강과 동공이
곰곰이 내 얼굴을 마주 본다
혀도 입술도 없이
어떤 붉은 것, 더운 것도 없이

*

몸속에 맑게 고였던 것들이

뙤약볕에 마르는 날이 간다
끈적끈적한 것
비통한 것까지
함께 바싹 말라 가벼워지는 날

겨우 따뜻한 내 육체를
메스로 가른다 해도
꿈틀거리는 무엇도 들여다볼 수 없을

다만 해가 있는 쪽을 향해 눈을 잠그고
주황색 허공에
생명, 생명이라고 써야 하는 날

혀가 없는 말이어서
지워지지도 않을 그 말을

피 흐르는 눈

나는 피 흐르는 눈을 가졌어.

그밖에 뭘 가져보았는지는
이제 잊었어.

달콤한 것은 없어.
씁쓸한 것도 없어.
부드러운 것,
맥박 치는 것,
가만히 심장을 문지르는 것

무심코 잊었어, 어쩌다
더 갈 길이 없어.

모든 것이 붉게 보이진 않아, 다만
모든 잠잠한 것을 믿지 않아, 신음은
생략하기로 해

난막(卵膜)처럼 얇은 눈꺼풀로
눈을 덮고 쉴 때

그때 내 뺨을 사랑하지 않아.
입술을, 얼룩진 인중을 사랑하지 않아.

나는 피 흐르는 눈을 가졌어.

피 흐르는 눈 2

여덟 살이 된 아이에게
인디언 식으로 내 이름을 지어달라 했다

펄펄 내리는 눈의 슬픔

아이가 지어준 내 이름이다

(제 이름은 반짝이는 숲이라 했다)

그후 깊은 밤이면 눈을 감을 때마다
눈꺼풀 밖으로
육각형의 눈이 내렸지만
그것을 볼 수 없었다

보이는 것은
피의 수면

펄펄 내리는 눈 속에

두 눈을 잠그고 누워 있었다

피 흐르는 눈 3

허락된다면 고통에 대해서 말하고 싶어

초여름 천변
흔들리는 커다란 버드나무를 올려다보면서
그 영혼의 주파수에 맞출
내 영혼이 부서졌다는 걸 깨달았던 순간에 대해서

(정말) 허락된다면 묻고 싶어

그렇게 부서지고도
나는 살아 있고

살갗이 부드럽고
이가 희고
아직 머리털이 검고

차가운 타일 바닥에
무릎을 꿇고

믿지 않는 신을 생각할 때
살려줘, 란 말이 어슴푸레 빛난 이유

눈에서 흐른 끈끈한 건
어떻게 피가 아니라 물이었는지

부서진 입술

어둠 속의 혀

(아직) 캄캄하게 부푼 허파로

더 묻고 싶어

허락된다면,
(정말)
허락되지 않는다면,
아니,

피 흐르는 눈 4

이 어스름한 저녁을 열고
세상의 뒤편으로 들어가 보면
모든 것이
등을 돌리고 있다

고요히 등을 돌린 뒷모습들이
차라리 나에겐 견딜 만해서
되도록 오래
여기 앉아 있고 싶은데

빛이라곤
들어와 갇힌 빛뿐

슬픔이라곤
이미 흘러나간 자국뿐

조용한 내 눈에는
찔린 자국뿐

피의 그림자뿐

흐르는 족족

재가 되는
검은

저녁의 소묘

어떤 저녁은 피투성이
(어떤 새벽이 그런 것처럼)

가끔은 우리 눈이 흑백 렌즈였으면

흑과 백
그 사이 수없는 음영을 따라

어둠이 주섬주섬 얇은 남루들을 껴입고

외등을 피해 걸어오는 사람의
평화도,
오랜 지옥도
비슷하게 희끗한 표정으로 읽히도록

외등은 희고

외등 갓의 바깥은 침묵하며 잿빛이도록

그의 눈을 적신 것은

조용히, 검게 흘러내리도록

조용한 날들 2

비가 들이치기 전에
베란다 창을 닫으러 갔다

(건드리지 말아요)

움직이려고 몸을 껍데기에서 꺼내며 달팽이가 말
했다

반투명하고 끈끈한
얼룩을 남기며 조금 나아갔다

조금 나아가려고 물컹한 몸을 껍데기에서
조금 나아가려고 꺼내 예리한
알루미늄 새시 사이를

찌르지 말아요

짓이기지 말아요

1초 만에
으스러뜨리지 말아요

(하지만 상관없어, 네가 찌르든 부숴뜨리든)

그렇게 조금 더
나아갔다

저녁의 소묘 2

목과 어깨 사이에
얼음이 낀다.

그게 부서지는 걸 지켜보고 있다.

이제는
더 어둡다

손끝으로 더듬어 문을 찾는 사람을
손끝으로 느끼면서 알지 못한다

그가
나가려는 것인지
(어디로) 들어가려는 것인지

저녁의 소묘 3
— 유리창

유리창,
얼음의 종이를 통과해
조용한 저녁이 흘러든다

붉은 것 없이 저무는 저녁

앞집 마당
나목에 매놓은 빨랫줄에서
감색 학생코트가 이따금 펄럭인다

(이런 저녁
　내 심장은 서랍 속에 있고)

유리창,
침묵하는 얼음의 백지

입술을 열었다가 나는

단단한 밀봉을
배운다

3부
저녁 잎사귀

여름날은 간다

검은 옷의 친구를 일별하고 발인 전에 돌아오는 아
침 차창 밖으로 늦여름의 나무들 햇빛 속에 서 있었
다 나무들은 내가 지나간 것을 모를 것이다 지금 내
가 그중 단 한 그루의 생김새도 떠올릴 수 없는 것처
럼 그 잎사귀 한 장 몸 뒤집는 것 보지 못한 것처럼
그랬지 우린 너무 짧게 만났지 우우우 몸을 떨어 울
었다 해도 틈이 없었지 새어들 숨구멍 없었지 소리
죽여 두 손 내밀었다 해도 그 손 향해 문득 놀라 돌아
봤다 해도

저녁 잎사귀

푸르스름한
어둠 속에 웅크리고 있었다
밤을 기다리고 있다고 생각했는데
찾아온 것은 아침이었다

한 백 년쯤
시간이 흐른 것 같은데
내 몸이
커다란 항아리같이 깊어졌는데

혀와 입술을 기억해내고
나는 후회했다

알 것 같다

일어서면 다시 백 년쯤
볕 속을 걸어야 한다
거기 저녁 잎사귀

다른 빛으로 몸 뒤집는다 캄캄히
잠긴다

효에게. 2002. 겨울

바다가 나한테 오지 않았어.
겁먹은 얼굴로
아이가 말했다
밀려오길래, 먼 데서부터
밀려오길래
우리 몸을 지나 계속
차오르기만 할 줄 알았나 보다

바다가 너한테 오지 않았니
하지만 다시 밀려들기 시작할 땐
다시 끝없을 것처럼 느껴지겠지
내 다리를 끌어안고 뒤로 숨겠지
마치 내가
그 어떤 것,
바다로부터조차 널
지켜줄 수 있는 것처럼

기침이 깊어

먹은 것을 토해내며
눈물을 흘리며
엄마, 엄마를 부르던 것처럼
마치 나에게
그걸 멈춰줄 힘이 있는 듯이

하지만 곧
너도 알게 되겠지
내가 할 수 있는 일은
기억하는 일뿐이란 걸
저 번쩍이는 거대한 흐름과
시간과
成長,
집요하게 사라지고
새로 태어나는 것들 앞에
우리가 함께 있었다는 걸

색색의 알 같은 순간들을

함께 품었던 시절의 은밀함을
처음부터 모래로 지은
이 몸에 새겨두는 일뿐인 걸

괜찮아
아직 바다는 오지 않으니까
우리를 쓸어 가기 전까지
우린 이렇게 나란히 서 있을 테니까
흰 돌과 조개껍데기를 더 주울 테니까
파도에 젖은 신발을 말릴 테니까
까끌거리는 모래를 털며
때로는
주저앉아 더러운 손으로
눈을 훔치기도 하며

괜찮아

태어나 두 달이 되었을 때
아이는 저녁마다 울었다
배고파서도 아니고 어디가
아파서도 아니고
아무 이유도 없이
해질녘부터 밤까지 꼬박 세 시간

거품 같은 아이가 꺼져버릴까 봐
나는 두 팔로 껴안고
집 안을 수없이 돌며 물었다
왜 그래.
왜 그래.
왜 그래.
내 눈물이 떨어져
아이의 눈물에 섞이기도 했다

그러던 어느 날
문득 말해봤다

누가 가르쳐준 것도 아닌데
괜찮아.
괜찮아.
이제 괜찮아.

거짓말처럼
아이의 울음이 그치진 않았지만
누그러진 건 오히려
내 울음이었지만, 다만
우연의 일치였겠지만
며칠 뒤부터 아이는 저녁 울음을 멈췄다

서른 넘어야 그렇게 알았다
내 안의 당신이 흐느낄 때
어떻게 해야 하는지
울부짖는 아이의 얼굴을 들여다보듯
짜디짠 거품 같은 눈물을 향해
괜찮아

왜 그래,가 아니라
괜찮아.
이제 괜찮아.

자화상. 2000. 겨울

초나라에 한 사나이가 살았다
서안으로 가려고 말과 마부와 마차를 샀다
길을 나서자 사람들이 말했다
이보오,
그쪽은 서안으로 가는 길이 아니오
사나이가 대답했다
무슨 소리요?
말들은 튼튼하고 마부는 노련하오
공들여 만든 마차가 있고
여비도 넉넉하오
걱정 마시오, 나는
서안으로 갈 수 있소

세월이 흐른 뒤
저문 사막 가운데
먹을 것도 돈도 떨어지고
마부는 도망치고
말들은 죽고 더러 병들고

홀로 모래밭에 발이 묻힌
사나이가 있다

마른 목구멍에
서걱이는 모래흙,
되짚어갈 발자국들은
길 위의 바람이 쓸어간 지 오래
집념도 오기도 투지도
어떤 치열함과 처연한
인내도
사나이를 서안으로 데려다주지 못한다

초나라의 사나이,
먼 눈
병든 몸으로 영원히
서안으로 가지 못한다

회복기의 노래

이제
살아가는 일은 무엇일까

물으며 누워 있을 때
얼굴에
햇빛이 내렸다

빛이 지나갈 때까지
눈을 감고 있었다
가만히

그때

내가 가장 처절하게 인생과 육박전을 벌이고 있다고 생각했을 때, 내가 헐떡이며 클린치한 것은 허깨비였다 허깨비도 구슬땀을 흘렸다 내 눈두덩에, 뱃가죽에 푸른 멍을 들였다

그러나 이제 처음 인생의 한 소맷자락과 잠시 악수했을 때, 그 악력만으로 내 손뼈는 바스러졌다

다시, 회복기의 노래. 2008

은색 꼬리날개가 반짝이는
비행기가 날아가는 것을 본다

오른쪽 산 뒤에서 날아와
새털구름 안쪽으로 사라진다

얼마 지나지 않아

다른 은색 꼬리날개가 빛나는 비행기가
같은 길을 긋고 사라진다

활활
시퍼렇게
이글거리는 하늘
의 눈〔眼〕 속

어떤 말,
어떤 맹세처럼 활공해

사라진 것들

단단한 주먹을 주머니 속에 감추고
나는 그것들을 혀의 뒷면에 새긴다

감은 눈 밖은 주황빛,
내 몸보다 뜨거운 주황빛

나를 긋고 간 것들

베인 혀 아래 비릿하게 고인 것들

(고요히,
무서운 속력으로)

스스로 흔적을 지운 것들

83

심장이라는 사물 2

오늘은

목소리를 열지 않았습니다.

벽에 비친 희미한 빛

또는 그림자

그런 무엇이 되었다고 믿어져서요.

죽는다는 건

마침내 사물이 되는 기막힌 일

그게 왜 고통인 것인지

궁금했습니다.

저녁의 소묘 4

잊지 않았다

내가 가진 모든 생생한 건
부스러질 것들

부스러질 혀와 입술,
따뜻한 두 주먹

부스러질 맑은 두 눈으로

유난히 커다란 눈송이 하나가
검은 웅덩이의 살얼음에 내려앉는 걸 지켜본다

무엇인가
반짝인다

반짝일 때까지

몇 개의 이야기 6

어디 있니. 너에게 말을 붙이려고 왔어. 내 목소리
들리니. 인생 말고 마음, 마음을 걸려고 왔어. 저녁이
내릴 때마다 겨울의 나무들은 희고 시린 뼈들을 꼿꼿
이 펴는 것처럼 보여. 알고 있니. 모든 가혹함은 오래
지속되기 때문에 가혹해.

몇 개의 이야기 12

어떤 종류의 슬픔은 물기 없이 단단해서, 어떤 칼
로도 연마되지 않는 원석(原石)과 같다.

날개

그 고속도로의 번호는 모른다
아이오와에서 시카고로 가는 큰길 가장자리에
새 한 마리가 죽어 있다
바람이 불 때
거대한 차가 천둥 소리를 내며 지나칠 때
잎사귀 같은 날개가 조용히 펄럭인다
십 마일쯤 더 가서
내가 탄 버스가 비에 젖기 시작한다

그 날개가 젖는다

4부
거울 저편의 겨울

거울 저편의 겨울

1

불꽃의 눈동자를 들여다본다

파르스름한
심장
모양의 눈

가장 뜨겁고 밝은 건
그걸 둘러싼
주황색 속불꽃

가장 흔들리는 건
다시 그걸 둘러싼
반투명한 겉불꽃

내일 아침은 내가
가장 먼 도시로 가는 아침

오늘 아침은
불꽃의 파르스름한 눈이
내 눈 저편을 들여다본다

2

지금 나의 도시는 봄의 아침인데요 지구의 핵을 통
과하면, 흔들리지 않고 중심을 꿰뚫으면 그 도시가
나오는데요 그곳의 시차는 꼭 열두 시간 뒤, 계절은
꼭 반년 뒤 그러니까 그 도시는 지금 가을의 저녁 누
군가가 가만히 뒤따라오듯 그 도시가 나의 도시를 뒤
따라오는데요 밤을 건너려고 겨울을 건너려고 가만히
기다리는데요 누군가가 가만히 앞질러 가듯 나의 도
시가 그 도시를 앞질러 가는 동안

3

거울 속에서 겨울이 기다리고 있었어

추운 곳

몹시 추운 곳

너무 추워
사물들은 떨지 못해
(얼어 있던) 네 얼굴은
부서지지도 못해

나는 손을 내밀지 않아
너도
손을 내미는 걸 싫어하지

추운 곳

오래 추운 곳

너무 추워
눈동자들은 흔들리지 못해
눈꺼풀들은
(함께) 감기는 법을 모르고

거울 속에서
겨울이 기다리고

거울 속에서
네 눈을 나는 피하지 못하고

너는 손을 내미는 걸 싫어하지

4

만 하루 동안 비행할 거라고 했다

스물네 시간을 꼭꼭 접어서 입속에 털어넣고
거울 속으로 들어간다고 했다

그 도시의 숙소에 짐을 풀면
오래 세수를 해야지

이 도시의 고통이 가만히 앞질러 가면
나는 가만히 뒤처져 가고

네가 잠시 안 들여다보는
거울의 찬 뒷면에 등을 기대고
아무렇게나 흥얼거려야지

스물네 시간을 꼭꼭 접어서

따가운 혀로 밀어 뱉어낸 네가
돌아가 나를 들여다볼 때까지

5

내 눈은 두 개의 몽당양초 뚜욱뚝 촛농을 흘리며
심지를 태우는데요 그게 뜨겁지도 아프지도 않은데요
파르스름한 불꽃심이 흔들리는 건 혼들이 오는 거라
는데요 혼들이 내 눈에 앉아 흔들리는데요 흥얼거리
는데요 멀리 너울거리는 겉불꽃은 더 멀어지려고 너
울거리는데요 내일 당신은 가장 먼 도시로 가는데요
내가 여기서 타오르는데요 당신은 이제 허공의 무덤
속에 손을 넣고 기다리는데요 기억이 뱀처럼 당신의
손가락을 무는데요 당신은 뜨겁지도 아프지도 않은데
요 꼼짝하지 않는 당신의 얼굴은 불타지도 부서지지
도 않는데요,

거울 저편의 겨울 2

새벽에
누가 나에게 말했다

그러니까, 인생에는 어떤 의미도 없어
남은 건 빛을 던지는 것뿐이야

나쁜 꿈에서 깨어나면
또 한 겹 나쁜 꿈이 기다리던 시절

어떤 꿈은 양심처럼
무슨 숙제처럼
명치 끝에 걸려 있었다

빛을
던진다면

빛은
공 같은 걸까

어디로 팔을 뻗어
어떻게 던질까

얼마나 멀게, 또는 가깝게

숙제를 풀지 못하고 몇 해가 갔다
때로
두 손으로 간신히 그러쥐어 모은
빛의 공을 들여다보았다

그건 따뜻했는지도 모르지만
차갑거나
투명했는지도 모르지만

손가락 사이로 흘러내리거나
하얗게 증발했는지도 모르지만

지금 나는
거울 저편의 정오로 문득 들어와
거울 밖 검푸른 자정을 기억하듯
그 꿈을 기억한다

거울 저편의 겨울 3
— J에게

조용히
미끄러져 내려가고 있었다
어디로 들어가는지 모르면서
더 미끄러져 들어가고 있었을 때

　오랜만에 만난 친구가 말했다 너, 요즘은 아주 빠르게 걷는구나 학교 다닐 때 너는 아주 빠르게 걷거나 아주 느리게 걷는 아이였는데 졸업하고서 한참 뒤에 내가 아주 느리게 걸을 때 너를 보고 싶었던 건 네가 아주 느리게 걷던 아이였기 때문이었는데 그때 만일 갑자기 너를 만난다면 네가 아주 빠르게 걷고 있었으면 했는데 그건 네가 아주 느리게 걸었던 몸으로 아주 빠르게 나에게 걸어올 수 있었을 테니까 내가 정말 너를 우연히 거리에서 보았을 때 너는 정말 그렇게 빨리 걸어오고 있었는데 나는 아주 느리게, 거의 멈춘 채로 걷고 있었는데 네가 내 이름을 부른 순간 나는 입술이 일그러졌는데 그건 울기 위해서가 아니었지만 어쨌든 나는 글썽이기 시작했는데 그건 단

지 내가 아주 느리게 걷고 있었기 때문이었고 단지
너는 아주 빠르게 걷는 사람의 팔로 짧게 나를 안아
주었는데 나는 그걸 잊을 수 없었는데 어느 날 내가
물었을 때 너는 그날을 기억 못하겠다고 했고 그때
나는 생각했는데 그건 네가 아주, 아주 빠르게 걷던
때였기 때문일 거라고

　왜 이렇게 춥지,
　네가 웃으며 말했다
　이곳은
　꽤 춥구나.

거울 저편의 겨울 4
— 개기일식

생각하고 싶었다
(아직 피투성이로)

태양보다 400배 작은 달이
태양보다 400배 지구에 가깝기 때문에
달의 원이
태양의 원과 정확하게 겹쳐지는 기적에 대하여

검은 코트 소매에 떨어진 눈송이의 정육각형,
1초
또는 더 짧게
그 결정의 형상을 지켜보는 시간에 대하여

나의 도시가
거울 저편의 도시에 겹쳐지는 시간
타오르는
붉은 테두리만 남기는 시간

거울 저편의 도시가
잠시 나의 도시를 관통하는
(뜨거운) 그림자

마주 보는 두 개의 눈동자가
동그랗게 서로를 가리는 순간
완전하게 응시를 지우는 순간

얼음의 고요한 모서리

(아직 피투성이로)
짧게 응시하는 겨울
의 겉불꽃

거울 저편의 겨울 5

시계를 다시 맞추지 않아도 된다,
시차는 열두 시간
아침 여덟 시

덜덜덜
가방을 끌고

입원 가방도
퇴원 가방도 아닌 가방을 끌고

핏자국 없이
흉터도 없이 덜컥거리며

저녁의 뒷면으로
들어가고 있었다

거울 저편의 겨울 6
── 중력의 선

사물이 떨어지는 선,
허공에서 지면으로
명료하게

한 점과
다른 점을 가장 빠르게 잇는

가혹하거나 잔인하게,
직선

깃털 달린 사물,
육각형의 눈송이
넓고 팔락거리는 무엇
이 아니라면 피할 수 없는 선

백인들이 건설한
백인들의 거리를 걷다가,
완전한 살육의 기억을 말의 발굽으로 디딘

로카*의 동상을 올려다보다가

거울 이편과 반대편의 학살을 생각하는 나는

난자하는
죽음의 직선들을 생각하는 나는

단 한 군데에도 직선을 숨겨놓지 못한
사람의 몸의 부드러움과

꼭 한 번
완전하게 찾아올
중력의 직선을 생각하는 나는

신도
인간도 믿지 않는
네 침묵을 기억하는 나는

* 남미 대륙 남부의 원주민들을 절멸시키고 아르헨티나를 건설한
  군인.

거울 저편의 겨울 7
── 오후의 미소

거울 뒤편의
백화점 푸드코트

초로의 지친 여자가
선명한 파랑색 블라우스를 입고
두 병째 맥주를 마시고 있다

스티로폼 접시에
감자튀김이 쌓여 있다

일회용 소스 봉지는 뜯겨 있다

너덜너덜 뜯긴 경계에
달고 끈끈한 소스가 묻어 있다

텅 빈 눈 한 쌍이 나를 응시한다

너를 공격할 생각은 없어

라는 암호가
끌어올린 입꼬리에 새겨진다

수십 개의 더러운 테이블들이
수십 명의 지친 쇼핑객들이
수백 조각의 뜨거운 감자튀김들이

나를 공격할 생각은 마

너덜너덜 뜯긴
식욕을 기다리며,

거울 저편의 겨울 8

흰 지팡이를 짚은 백발의 눈먼 남자 둘이서
앞뒤로 나란히
구두와 지팡이의 리듬을 맞춰 걷고 있었다

앞의 남자가
더듬더듬 상점 문을 열고 들어가자

뒤의 남자는 앞의 남자의 등을
보호하듯 팔로 감싸며 따라 들어갔다

미소 띤 얼굴로
유리문을 닫았다

거울 저편의 겨울 9
— 탱고 극장의 플라멩코

정면을 보며 발을 구를 것

발목이 흔들리거나, 부러지거나
리듬이 흩어지거나, 부스러지거나

얼굴은 정면을 향할 것
두 눈은 이글거릴 것

마주 볼 수 없는 걸 똑바로 쏘아볼 것
그러니까 태양 또는 죽음,
공포 또는 슬픔

그것들을 이길 수만 있다면
심장에 바람을 넣고
미끄러질 것, 비스듬히

(흐느끼는 빵처럼
 악기들이 부풀고)

그것들을 이길 수만 있다면
당신을 가질 수도,
죽일 수도 있다고

중력을 타고 비스듬히,
더 팽팽한 사선으로 미끄러질 것

거울 저편의 겨울 10

보름 조금 지난
달이 낯설다.

태어나 한 번도 보지 못한 형상,
위쪽의 반원이
미묘하게 움츠러든.

강을 따라 걷던
우리들 중 하나가 말한다.

그야 여기는 무척 남쪽이니까,
우리들의 도시는 무척 북쪽이었으니까.

비스듬한 행성의 축을 타고
그토록 멀리 미끄러져 내려왔으니
시선의 각도에 맞추어
달의 윗면이 오므라든 거라고

손바닥으로 꾹 눌러본 소금 공, 혹은
얼린 밀반죽처럼
(아주 조금) 납작한 달

다른 행성의
다른 달
아래를 걷듯
우리들은 조용히,
(슬프지 않게)

거울 저편의 겨울 11

비 내리는 동물원
철창을 따라 걷고 있었다

어린 고라니들이 나무 아래 비를 피해 노는 동안
조금 떨어져서 지켜보는 어미 고라니가 있었다
사람 엄마와 아이들이 꼭 그렇게 하듯이

아직 광장에 비가 뿌릴 때

살해된 아이들의 이름을 수놓은
흰 머릿수건을 쓴 여자들이
느린 걸음으로 행진하고 있었다

거울 저편의 겨울 12
—여름 천변, 서울

저녁에
우는 새를 보았어.

어스름에 젖은 나무 벤치에서 울고 있더군.

가까이 다가가도 달아나지 않아서,
손이 닿을 만큼 가까워졌어도
날아가지 않아서,

내가 허깨비가 되었을까
문득 생각했어

무엇도 해칠 수 없는 혼령
같은 게 마침내 된 걸까, 하고

그래서 말해보았지, 저녁에
우는 새에게

스물네 시간을 느슨히 접어
돌아온 나의
비밀을, (차갑게)
피 흘리는 정적을, 얼음이
덜 녹은 목구멍으로

내 눈을 보지 않고 우는 새에게

5부
캄캄한 불빛의 집

캄캄한 불빛의 집

그날 우이동에는
진눈깨비가 내렸고
영혼의 동지(同志)인 나의 육체는
눈물 내릴 때마다 오한을 했다

가거라

망설이느냐
무엇을 꿈꾸며 서성이느냐

꽃처럼 불 밝힌 이층집들,
그 아래서 나는 고통을 배웠고
아직 닿아보지 못한 기쁨의 나라로
어리석게 손 내밀었다

가거라

무엇을 꿈꾸느냐 계속 걸어가거라

가등에 맺히는 기억을 향해 나는 걸어갔다
걸어가서 올려다보면 가등갓 안쪽은
캄캄한 집이었다 캄캄한
불빛의 집

하늘은 어두웠고 그 어둠 속에서
텃새들은
제 몸무게를 떨치며 날아올랐다
저렇게 날기 위해 나는 몇 번을 죽어야 할까
누구도 손잡아줄 수는 없었다

무슨 꿈이 곱더냐
무슨 기억이
그리 찬란하더냐

어머니 손끝 같은 진눈깨비여
내 헝클어진 눈썹을 갈퀴질하며

언 뺨 후려치며 그 자리
도로 어루만지며

어서 가거라

첫새벽

첫새벽에 바친다 내
정갈한 절망을,
방금 입술 연 읊조림을

감은 머리칼
정수리까지 얼음 번지는
영하의 바람, 바람에 바친다 내
맑게 씻은 귀와 코와 혀를

어둠들 술렁이며 鋪道를 덮친다
한 번도 이 도시를 떠나지 못한 텃새들
여태 제 가슴털에 부리를 묻었을 때

밟는다, 가파른 골목
바람 안고 걸으면

일제히 외등이 꺼지는 시간
살얼음이 가장 단단한 시간

薄明 비껴 내리는 곳마다
빛나려 애쓰는 조각, 조각들

아아 첫새벽,
밤새 씻기워 이제야 얼어붙은
늘 거기 눈뜬 슬픔,
슬픔에 바친다 내
생생한 혈관을, 고동 소리를

회상

아무것도 남지 않은 천지에도
남은 것들은 많았다 그해 늦봄
널브러진 지친 시간들을 밟아 으깨며
어김없이 창은 밝아왔고
흉몽은 습관처럼 생시를 드나들었다
이를 악물어도 등이 시려워
외마디소리처럼 담 결려올 때
분말 같은 햇살 앞에 그저
눈 감으면 끝인 것을
텃새들은 겨울부터 아니 그전 겨울부터 아니아니
그 전 겨울부터
목 아프게 지저귀고 있었다
때론 비가 오고 때론 개었다 세 끼 식사는 한결같
았다 아아
사는 일이 거대한 장례식일 뿐이라면
우리에게 남은 것은 무엇인지 알고 싶었다
어린 동생의 브라운관은 언제나처럼 총탄과 수류탄
으로

울부짖고 있었고 그 틈에 우뚝

살아남은 영웅들의 미소가 의연했다

그해 늦봄 나무들마다 날리는 것은 꽃가루가 아니었다

부서져 꽂히는 희망의 파편들

오그린 발바닥이 이따금 베어 피 흘러도

봉쇄된 거리 벗겨진 신 한 짝은 끝내 돌아오지 않았다

천지에서 떠밀려온 원치 않은 꿈들이 멍든 등을 질벅거렸고

그 하늘

그 나무

그 햇살들 사이

내 안에 말라붙은 강 바닥은 쩍쩍 소리를 내며 갈라졌다

모든 것이 남은 천지에

남은 것은 없었던 그해 늦봄

무제

무엇인가 희끄무레한 것이 떠 있다 함께 걸어간다
흘러간다 지워지지 않는다 좀처럼, 뿌리쳐지지 않는
다 끈덕진 녀석이다 말이 통하지 않는다 아무리 떠나
도 떠나지지 않는다 나는 달아난다 더 달아날 수 없
을 때까지, 더 달아날 수 없어 돌아서서 움켜쥐려 한
다 움킬 수 없다 두 팔 휘젓는다 움킬 수 없다 그러나
이따금
　내가 홀로 울 때면
　내 손금을 따라 조용히,
　떨며 고여 있다

어느 날, 나의 삶은

어느 날 눈떠보면

물과 같았다가

그 다음날 눈떠보면 담벼락이었다가 오래된

콘크리트 내벽이었다가

먼지 날리는 봄 버스 정류장에

쪼그려 앉아 토할 때는 누더기

침걸레였다가

들지 않는 주머니칼의

속날이었다가

돌아와 눕는 밤마다는 알알이

거품 뒤집어쓴

진통제 糖衣였다가

어느 날 눈떠보면 다시 물이 되어

삶이여 다시 내 혈관 속으로

흘러 돌아오다가

오이도(烏耳島)

내 젊은 날은 다 거기 있었네
조금씩 가라앉고 있던 목선 두 척,
이름붙일 수 없는 날들이 모두 밀려와
나를 쓸어안도록
버려두었네
그토록 오래 물었던 말들은 부표로 뜨고
시리게
물살은 빛나고
무수한 대답을 방죽으로 때려 안겨주던 파도,
너무 많은 사랑이라
읽을 수 없었네 내 안엔
너무 더운 핏줄들이었네 날들이여,
덧없이
날들이여
내 어리석은 날
캄캄한 날들은 다 거기 있었네
그곳으로 한데 흘러 춤추고 있었네

서시

어느 날 운명이 찾아와
나에게 말을 붙이고
내가 네 운명이란다, 그동안
내가 마음에 들었니, 라고 묻는다면
나는 조용히 그를 끌어안고
오래 있을 거야.
눈물을 흘리게 될지, 마음이
한없이 고요해져 이제는
아무것도 더 필요하지 않다고 느끼게 될지는
잘 모르겠어.

당신, 가끔 당신을 느낀 적이 있었어,
라고 말하게 될까.
당신을 느끼지 못할 때에도
당신과 언제나 함께였다는 것을 알겠어,
라고.

아니, 말은 필요하지 않을 거야.

당신은

내가 말하지 않아도

모두 알고 있을 테니까.

내가 무엇을 사랑하고

무엇을 후회했는지

무엇을 돌이키려 헛되이 애쓰고

끝없이 집착했는지

매달리며

눈먼 걸인처럼 어루만지며

때로는

당신을 등지려고도 했는지

그러니까

당신이 어느 날 찾아와

마침내 얼굴을 보여줄 때

그 윤곽의 사이 사이,

움푹 파인 눈두덩과 콧날의 능선을 따라

어리고

지워진 그늘과 빛을
오래 바라볼 거야.
떨리는 두 손을 얹을 거야.
거기,
당신의 뺨에,
얼룩진.

유월

그러나 희망은 병균 같았다
유채꽃 만발하던 뒤안길에는
빗발이 쓰러뜨린 풀잎, 풀잎들 몸
못 일으키고
얼얼한 것은 가슴만이 아니었다
발바닥만이 아니었다
밤새 앓아 정든 胃장도 아니었다
무엇이 나를 걷게 했는가, 무엇이
내 발에 신을 신기고
등을 떠밀고
맥없이 엎어진 나를
일으켜 세웠는가 깨무는
혀끝을 감싸주었는가
비틀거리는 것은 햇빛이 아니었다,
아름다워라 山川, 빛나는
물살도 아니었다
무엇이 내 속에 앓고 있는가, 무엇이 끝끝내
떠나지 않는가 내 몸은

숙주이니, 병들 대로 병들면
떠나려는가
발을 멈추면
휘청거려도 내 발 대지에 묶어줄
너, 홀씨 흔들리는 꽃들 있었다
거기 피어 있었다
살아라, 살아서
살아 있음을 말하라
나는 귀를 막았지만
귀로 들리는 음성이 아니었다 귀로
막을 수 있는 노래가
아니었다

서울의 겨울 12

어느 날 어느 날이 와서
그 어느 날에 네가 온다면
그날에 네가 사랑으로 온다면
내 가슴 온통 물빛이겠네, 네 사랑
내 가슴에 잠겨
차마 숨 못 쉬겠네
내가 네 호흡이 되어주지, 네 먹장 입술에
벅찬 숨결이 되어주지, 네가 온다면 사랑아,
올 수만 있다면
살얼음 흐른 내 뺨에 너 좋아하던
강물 소리,
들려주겠네

저녁의 소묘 5

죽은 나무라고 의심했던
검은 나무가 무성해지는 걸 지켜보았다

지켜보는 동안 저녁이 오고

연둣빛 눈들에서 피가 흐르고
어둠에 혀가 잠기고

지워지던 빛이
투명한 칼집들을 그었다

(살아 있으므로)
그 밑동에 손을 뻗었다

개기일식이 끝나갈 때

조 연 정

말과 동거하는 시인

막스 피카르트의 철학 에세이 『인간과 말』(봄날의책, 2013)을 우리말로 번역하여 소개한 소설가 배수아는 이 진지한 산문집이 "말과 동거하는 인간"을 위한 책이자 결국 "글을 쓰는 인간, 곧 작가의 영혼을 위한 책"(p. 246)일 것이라고 말한다. 작가란 누구인가. 일상적 소통을 위해서든 심오한 진리의 전달을 위해서든 모든 인간이 점차 기능적으로 완벽한 말만을 추구해갈 때, 말의 효용성에 무심한 채 그 효용성을 제외한 다른 모든 가능성을 탐색하는 데 집중하고 있는 자가 바로 작가이다. 시대의 변화와 가장 무관한 장르로 생각해온 문학조차 점차 장르 자체의 고유성을 잃어가고 문학 종사자들의 수도 줄고 있기는 하지만, 될 수 있는 한 언어를 비효율적으로 다루려는 문학적 행위와 관련된 인간의 욕망은 결코 줄거나 퇴화하지 않는다는 사실은 의미심장하다. 이러한 사실은 말과 관련된 인간의 능력과 욕망이 대체 불가의 것임을 확인시켜준다. 인간이 지닌 다양한 능력을 완벽하게 대체하고 그것을 멋지게 초과하는 다양한 매체들이 속속 등장하고 있지만 말과 동거하는 인간의 능력만큼은 그 대체물을 찾기가 쉽지 않은 것이다. 인간은 살아 있는 내내 한 순간도 쉬지 않고 말한다. 침묵하는 순간에도 자기 자신을 상대로 말하고 있으며 잠자고 있는 순간에도 마치 무성영화처럼 펼쳐지는 꿈속에서 말하고 있다. '말할 수 있음'과 더불어 놀라운 사유를 창조해내고, '말할 수 없음'과 더불어 언어 너머 심연의 존재를 증명하기도 한다. 인간의 조그만 육체 안에는 이처럼 엄청난 말이 존재한다. 우리가 실제로 감지하는 말은 우리가 지니고 있는 말에 비하면 지극히 일부에 불과하다.

작가는 이처럼 기능적인 것으로 퇴화한 언어를 붙잡고 그로부터 진리를 발견하려는 자이다. 막스 피카르트의 표현을 빌리자면 이러한 언어는 시인에게 "커다란 유혹이자 동시에 위험"(p. 225)이라고 할 수 있다. 말을 그 원천으로부터 새롭게 퍼 올리는 작업은 유혹적이지만, 시인은 말과 더불어 자기 안의 깊은 심연으로 떨어지는 듯한 불안에 시달리게 된다. 그래서 막스 피카르트는 이렇게 덧붙인다. "시를 쓴다는 것은 자신 안의 심연 위로 훌쩍 뛰어오르는 것이다. 시인은 시를 쓰면서 심연을 잠재우고, 심연에게 자장가를 불러준다"(같은 곳). 시를 쓴다는 것은 심연을 열어젖히는 행위인 동시에 심연을 메우는 행위이기도 하다. 시인은 이 같은 유혹과 불안 사이에서 고통스러울 수밖에 없는 존재이다. 어느 정도는 언어를 기능적으로 활용하는 소설가와 달리 시인은 언어를 결코 수단화하지 않고 그것과 정면으로 마주한다는 점에서 저 유혹과 불안에 훨씬 더 직접적으로 노출되어 있는 자이다.

시인 한강의 첫 시집을 읽는 자리에서 말과 동거하는 인간의 능력과 욕망에 대해, 그리고 말과 더불어 시인이 경험하는 환희와 불안에 대해 이야기하는 것은 왜일까. 에둘러 가보자. 한강은 이제껏 여덟 권의 책을 출간한 등단 20년차의 소설가이다. 물론 그녀가 소설가로 등단하기 한 해 전에 이미 시인으로서 문단에 출사표를 던졌다는 사실은 잘 알려져 있다. 우리에게는 소설가 한강이 인상 깊게 각인되어 있지만 지난 20년 동안 그녀는 시인으로서의 정체성을 한순간도 잊지 않았을지 모른다. 늦게나마 그간의 작업을 정리하면서 새삼 시인으로서의 존재를 확인하려는 이유는 무엇일까. 오로지 시인으로서 한강을 읽어야 하는 자리이지만 소설가 한강을 완전히 지우고 그녀의 시를 읽어내는 일은 불가능할 테니 그녀의 소설 작업을 잠시 되짚어보는 것도 좋겠다. 주로 인간 삶의 진실과 관련하여 언제나 근본적인 질문을 제출하곤 했던 한강의 소설을 한마디로 정리하기는 불가능하지만, 그녀의 소설에 어김없이 고통받는 인물들이 등장한다는 분명한 사실은 재차 강조될 필요가 있다. 자신의 육체적 고통을 냉정하게 직시하는 인물들이나 그러한 인물들을 반복적으로 그려내는 작가에게서 어떤 결기마저 감지될 정도로 한강의 인물들은 일상의 건강한 삶에서 철저히 소외되어 있다. 생리적 예민함을 드러냄으로써 일상적 세계에 대한 부적응을 증명하는 인물로부터, 급기야는 자신의 몸을 완전히 파괴하면서까지 이 세계에 대한 전면적이고도 강력한 거절의 의지를 드러내는 인물에 이르기까지, 이제껏 한강의 인물들이 보여준 고통의 양상들은 날로 진화해왔다. 뿐만 아니라 한강은 그 고통의 기원으로부터 구체적이고도 특별한 불행들을 점차 소거해왔다. 고통의 기원을 텅 빈 자리로 남겨놓음으로써 한강 소설은 인간에 관한 보다 근본적인 질문에 도달하고자 했던 것이다. 그렇다면 "그저 인간에 대해 쓰고 있다"(강지희, 「〔작가 인터뷰〕 고통으로 '빛의 지문(指紋)'을 찍는 작가」, 『작가세계』 2011년 봄호)라고 말한 그녀가 고통받는 인물들을 통해 보여주고 싶었던 인간의 진실이란 과연 무엇이었을까. '말과 동거하는 인간'의 고통이 아니었을까.

  인간에 대한 탐색은 언어에 대한 탐색과 정확하게 일치한다. 인간을 다른 동물과 구분 지어주는 유일한 종차가 바로 언어라는 당연한 사실 때문이다. 인간이라는 존재가 지닌 모든 특징들이 이 언어에서 파생된다. 그런 점에서 시력을 잃어가는 남자와 말을 잃은 여자가 등장하는 한강의 근작 장편『희랍어 시간』(문학동네, 2012)은 한강의 글쓰기가 인간과 언어에 대한 본격적 탐색으로 나아가고 있다는 사실을 입증하는 한 예로써 중요하다. 그간 한강 소설이 제기해온 여러 질문들이 이 소설에 이르러 비로소 '말과 동거하는 인간'의 고통에 관한 것으로 압축되고 있기 때문이다. 시력을 잃고 있는 남자는 눈앞의 모든 이미지를 상실한 채 관념의 세계로 진입하기 직전이다. 이미지 없는 관념의 세계는 온전히 말로만 이루어진 세계라고 할 수 있다. 말을 잃은 여자는, 정확히 말해 모국어로 말할 수 없게 된 여자는 침묵의 세계 안에 있다. 이처럼 이미지와 소리를 상실한 남자와 여자는 암흑과 침묵 속에서 언어 그 자체와 투명하게 대면한다. 이들이 지닌 언어는 각각 한 가지의 물질성을 상실했다는 한계로 인하여 오히려 더 순수한 것으로 거듭난다. "심해의 숲"이라는 제목 아래 쒸어진 이 소설의 마지막 장은 흡사 "빛도 소리도"(p. 185) 없는 곳으로부터 인간이 최초로 말을 길어 올리는 장면을 연상케 한다. 『희랍어 시간』은 타락한 언어의 한계보다는 순수한 언어의 능력에 집중하는 소설인 셈이다.

한강의 감각적인 문장이나 그녀가 그려내는 강렬한 이미지에 매혹된 우리는 그녀의 소설에 언제나 시적이라는 수식어를 붙여왔다. 그녀의 소설이 시적이라는 사실은 전

적으로 옳다. 물론 이때 '시적'이라는 말의 의미를 재점검할 필요가 있다. 언어를 통해 다양한 감각을 재현하는 것만을 가리켜 시적이라 말할 수는 없을 것이다. 한강의 소설이 시적이라면 그것은 말과 동거하는 인간의 슬픔과 고통을 근본적인 차원에서 제시한다는 점에서 그렇다고 해야한다. 시의 언어보다 순수하지 못한 소설의 언어로 이미 시적인 것의 본질을 관통해버린 한강은 과연 어떤 시인일까. 그녀의 첫 시집을 읽어보자.

"영혼의 동지(同志)인 나의 육체"

한강의 시에서는 마치 그녀의 소설 속 고통받는 인물들의 독백인 듯 곳곳에서 비명소리가 들려온다. 눈물이 흐르고 피가 흐른다. 육체의 아픔을 노출시키며 그녀는 무엇을 말하고 싶었던 것일까. 소설을 읽는 우리라면 고통의 원인에 관심이 많겠지만 시를 읽는 우리는 고통이 드러나는 양상에 주목해야 할 것이다. 그녀의 표현을 빌면 한강의 시는 "내 영혼이 부서졌다는 걸 깨달았던 순간"에 관한 열렬한 증언이자, 더불어 "그렇게 부서지고도/나는 살아 있"(「피 흐르는 눈 3」)다는 사실에 대한 냉정한 응시로 읽힌다. 전자에 관한 시들은 주로 시집의 앞부분(1부)에, 후자에 관한 시들은 주로 뒷부분(5부)에 실려 있다. 영혼의 부서짐을 경험했던 순간이 시인에게 구체적으로 어떤 상황으로 다가왔을지 우리는 정확히 알지 못한다. 그것은 일상에서 마주하게 되는 사소하고 일시적인 수치의 순간일 수도 있고, 살아 있다는 사실 자체가 치욕으로 느껴지는 거대한 환멸의 순간일 수도 있다. 각자 지니고 있는 영혼의 순도나 크기와 무관하게 인간은 누구나 영혼의 부서짐을 어떤 형태로든 겪는다. 대부분의 사람은 영혼의 부서짐에 대해 애초에 둔감하거나 그것을 애써 모른 척한다. 아마도 평범하고 건강한 삶을 위해서일 것이다. 영혼의 부서짐을 예민하게 감지하는 일도, 그리고 그 이후의 삶을 냉정하게 직시하는 일도 쉽지는 않다.

어느
늦은 저녁 나는
흰 공기에 담긴 밥에서
김이 피어 올라오는 것을 보고 있었다
그때 알았다
무엇인가 영원히 지나가버렸다고
지금도 영원히
지나가버리고 있다고

밥을 먹어야지

나는 밥을 먹었다

                                                  ——「어느 늦은 저녁 나는」 전문

   시집의 첫머리에 놓인 시이다. 밥을 먹던 '나'에게 "무엇인가 영원히 지나가버렸다"는 사실이 문득 환기된다. 그렇게 무언가가 영원히 지나가버리는 중이라는 사실을 인식하면서도 '나'는 그저 밥을 먹는다. 이 시에서 두드러지는 것은 무엇인가를 영영 잃어버렸다는 깨달음 뒤에도 지속되는 일상적 행위의 수치가 아니다. 그보다는 정체를 알 수 없는 상실감이 마치 밥 먹듯 반복된다는 사실이 눈길을 끈다. 그런 점에서 "지금도 영원히 지나가버리고 있다"는 애매모호한 문장이 의미심장하게 읽힌다. '지금도 지나가고 있다'라든가 '영원히 지나가버렸다'라고 써야 자연스러웠을 문장이다. 하지만 이처럼 진행형의 문장과 완료형의 문장을 포개놓으면서 위 시는 돌이킬 수 없는 균열의 조짐이 지속되는 삶의 쓸쓸함을 보여준다. 이 짧은 시를 통해 우리는 앞으로 읽게 될 이 시집의 화자가 대단히 민감한 영혼의 소유자라는 사실을 은연중 확인하게 된다.

   물론 이 같은 상실감과 균열의 느낌은, 즉 영혼의 부서짐에 대한 분명한 실감은 깨어 있는 영혼에 대한 증거이기도 하다. 한강의 시는 곳곳에서 영혼의 상처에 대해 말하면서 그 상처가 결코 회복될 수 없는 것임을 강조한다. 영혼의 상처가 회복 불능의 것이고 앞으로 더욱 악화될 것이라는 사실을 깨달은 이후의 삶에는 과연 무엇이 남을까.
아마도 그런 삶에는 분노와 슬픔을 넘어 절망과 무기력과
체념이 가득하게 될 것이다. "이제/살아가는 일은 무엇일
까"(「회복기의 노래」) "사는 일이 거대한 장례식일 뿐이라
면/우리에게 남은 것은 무엇인지 알고 싶었다"(「회상」)라
는 질문이 제출되는 것은 당연하다. 삶을 절망 속에 방기
할 수 없는 영리한 사람들은 남은 삶을 위해 영혼의 상처
를 애써 봉합하려 한다. 그러나 한강의 화자들은 고통과
마주하는 일을 피할 생각이 없다. 절망과 무기력에 빠질
생각도 없다. 한강에게 상처의 고통을 지속하는 일은 포기
할 수 없는 무언가를 위한 일종의 방법론이 된 듯하다.

　　내가 가장 처절하게 인생과 육박전을 벌이고 있다고 생
　각했을 때, 내가 헐떡이며 클린치한 것은 허깨비였다 허깨
　비도 구슬땀을 흘렸다 내 눈두덩에, 뱃가죽에 푸른 멍을 들
　였다
　　그러니 이제 처음 인생의 한 소맷자락과 잠시 악수했을
　때, 그 악력만으로 내 손뼈는 바스러졌다.
　　　　　　　　　　　　　　　　　　　　—「그때」 전문

　　잊지 않았다

　　내가 가진 모든 생생한 건

146

부스러질 것들

부스러질 혀와 입술,
따뜻한 주먹

부스러질 맑은 두 눈으로

유난히 커다란 눈송이 하나가
검은 웅덩이의 살얼음에 내려앉는 걸 지켜본다

　　　　　　무엇인가
　　　　　　반짝인다

　　반짝일 때까지
　　　　　　　　　——「저녁의 소묘 4」 전문

　「그때」라는 시를 보자. 험난한 인생의 한 고비를 넘겼
다고 생각한 순간, 애써 건너온 그 시절이 그저 "허깨비"
에 불과했다는 듯 삶의 위기는 쉼 없이 찾아온다. 그럼에
도 불구하고 삶 자체를 놓아버리지 않으려고 누군가는 안
간힘을 쓰며 삶을 향해 가까스로 손을 내밀겠지만, 손을
잡아주기는커녕 다시 산산조각 내버리고 마는 잔인함이 우
리의 삶 안에 내장되어 있기도 하다. 이 시의 화자가 바로

이와 같은 상황에 처해 있다. 그러나 특별한 불행이 반복되는 누군가의 불운한 삶을 보여주려는 것이 시인의 목표는 아니다. 특별한 불행과는 무관하게 삶과 전면적으로 불화할 수밖에 없는 누군가의 민감하고도 강한 영혼과 허약한 육체에 대해 시인은 말하고 싶었던 듯하다. 자신의 "악력"으로 스스로 "손뼈"를 바스러뜨리는 모습은 강한 영혼과 약한 육체를 동시에 상징한다. 「저녁의 소묘 4」의 '나' 역시 자신을 이루는 가장 연약한 부분들이 부서지는 것을 지켜본다. 그 고통과 절망의 응시 속에서 '나'는 무엇인가 "반짝"이는 것을 발견한다. 저 "반짝"거리는 것을 깨어 있는 영혼이라고 말할 수 있을까.

타락한 세계와 불화할 수밖에 없는 한강의 화자들은 그 불화를, 즉 보이지 않는 영혼의 아픔을 주로 육체의 고통을 통해 드러내곤 한다. 상처받은 무구한 영혼의 존재가 피 흘리는 육체를 통해 체화되는 형국이다. 한강의 세계관은 육체를 영혼의 그릇으로 생각하는 고전 철학의 그것에 가깝다. 인간의 육체는 보잘것없는 껍데기에 불과하지만 그 허상으로 인해 오히려 영혼의 존재가 더 숭고해지는 것은 분명하다. 그러므로 순수한 영혼의 존재를 증명하기 위해서는 피 흘리는 육체를 완전히 저버릴 수 없다. 타락한 세계로부터 영혼의 순수함을 지켜내기 위해서 인간은 고통 속에서 살아갈 수밖에 없다고 한강은 말하는 듯하다.

십 년 전 꿈에 본
파란 돌
아직 그 냇물 아래 있을까

난 죽어 있었는데
죽어서 봄날의 냇가를 걷고 있었는데
아, 죽어서 좋았는데
환했는데 솜털처럼
가벼웠는데

투명한 물결 아래
희고 둥근
조약돌들 보았지
해맑아라.
하나, 둘, 셋

거기 있었네
파르스름해 더 고요하던
그 돌

나도 모르게 팔 뻗어 줍고 싶었지
그때 알았네
그러려면 다시 살아야 한다는 것

그때 처음 아팠네
그러려면 다시 살아야 한다는 것

난 눈을 떴고,
깊은 밤이었고,
꿈에 흘린 눈물이 아직 따뜻했네

——「파란 돌」 부분

　시인이 실제로 꾸었던 꿈속 장면인지도 모르겠다. 십년이 지나서도 다시 떠오를 만큼 생생하고도 인상적이었던 그 꿈속에서 '나'는 죽어 있다. "아, 죽어서 좋았는데"라고 해맑게 말하며 죽음을 기꺼워하는 '나'의 모습이 이 시의 첫번째 반전이라면, 투명한 냇물 안에 놓여 있던 희고 둥근 조약돌을 줍고 싶어 "다시 살아야 한다는 것"을 아프게 깨닫고 있는 모습은 이 시의 두번째 반전이다. 죽은 채로는 냇물 속에서 투명하게 반짝이는 푸른 돌을 건져 올릴 수 없다는 사실로 인해 '나'는 다시 살고 싶어진다. 내가 꿈으로부터, 아니 죽음으로부터 건져 올리려 했던 "파르스름해 더 고요하던/그 돌"은 과연 무엇일까. 분명한 것은 그 "파란 돌"이 꿈속에서 죽은 채로 기뻐하는 '나'에게 "다시 살아야 한다"는 사실을 아프게 일깨워주고 있는 사물이라는 점이다. 보잘것없는 돌멩이를 향해 보잘것없는 팔을 뻗고 싶다는 보잘것없는 욕망으로부터 삶의 의지가 생겨난

150

다는 사실은 꽤나 의미심장하다. "죽어서 좋았"다고 말하는 '나'에게는 살아 있다는 사실이 그 자체로 고통이었을 것이다. 하지만 그 고통의 삶을 통해서만 영혼의 소유자("눈동자처럼 고요"하고 해맑은 "파란 돌"은 영혼의 상징으로 읽힌다)라는 인간 존재의 본질이 확인될 수 있는 것이라면, 인간의 삶 속에 이미 구원이 내재되어 있는 것인지도 모른다. 고통 속에서 살아내는 것 자체가 구원인 셈이다. "영혼의 동지(同志)인 나의 육체"(「캄캄한 불빛의 집」)가 흘리는 피눈물을 그저 감내하는 것만이 타락한 세계에 처한 인간이 기대할 수 있는 유일한 구원이다.

　한강의 시는 삶을 관통하는 불꽃 같은 고통이 어디에서 기원한 것인지 실제적인 원인을 제시해주지 않는다. 날아가는 새를 바라보며, 나무의 잎사귀를 들여다보며, 얼굴에 내리쬐는 햇빛과 마주하며 인간이 수시로 영혼의 아픔을 느낀다면 그것은 왜일까. 자유롭게 날아다니는 새와 달리, 그리고 한곳에 붙박여 있는 나무와 달리 인간이 고통스러울 수밖에 없다면 그 이유는 단 하나다. 인간은 새에게도 나무에게도 없는 언어를 가졌다. 언어와 더불어 인간은 영혼의 존재가 되었다. 한강의 시를 읽는 우리는 이제 언어와 영혼을 동의어로 취급해야 한다. 육체를 피 흘리게 함으로써 세계와 불화하는 무구한 영혼의 존재를 증명했듯, 한강의 시는 다른 한 편에서 일상의 언어를 피 흘리게 함으로써 침묵으로부터 최초의 언어가 생겨나기 시작하는 순간을 복원해내려고 한다.

언어의 기원, 어둠의 그림과 침묵의 노래

인간의 말이 순수해질 때 그것은 그림과 가까워진다. 다시 한 번 막스 피카르트를 인용해보자. 그에 따르면 그림의 침묵은 "말의 어머니"(p. 204)이다. 그림은 "인간이 말로 타락하기 이전의 낙원에 대한 기억"이기 때문이다. 그리고 이 같은 그림의 침묵에 대항하면서 말이 "최초의 현존"(p. 206)을 획득하게 되었다고 그는 말한다. 말을 배우기 이전 아이의 영혼이 그림으로 충만하다는 사실을 참고할 수 있다. 이처럼 침묵에 맞서 자신의 현존을 획득하려는 순간의 말은 온전히 진실된 것이었다. 그러나 침묵의 그림을 해석해내려는 말은 이미 타락한 것이 된다. 막스 피카르트가 정신분석을 비판하면서 꿈의 그림을 해석하려는 시도가 오히려 "꿈의 그림을 훼손한다"(p. 215)고 말하는 것은 이러한 이유 때문이다. 정신분석은 '파괴된 말'을 사용하여 '파괴된 그림'을 만들어낸다는 것이다. 그렇다면 이미 훼손된 언어의 시대를 살고 있는 우리는 어떻게 그 언어를 통해 진실한 말의 기억을 되살릴 수 있을까.

세세한 설명을 덧붙이지는 않았지만 한강은 한 인터뷰에서 소설의 인물로 미술가를 자주 호출하는 이유에 대해

"언어에 대한 고민 때문에 미술에 매력을 느껴온 건지도 모르겠다"라고 말한 적이 있다. 단순히 해석하면 말할 수 없는 것에 온전히 도달할 수 없는 언어의 한계 때문에 오히려 침묵의 이미지인 미술에 더 관심을 두게 되었다는 뜻일 수 있다. 언어는 말할 수 없는 것에 대해 말하려는 불가능한 시도를 지속하지만, 그림은 말할 수 없는 것에 대해 침묵한다. 그렇다면 이미 기능어로 전락한 일상어를 통해 그림의 침묵에, 즉 말이 생겨나기 직전의 그 침묵에 도달하는 방법은 무엇일까. 최초의 진실된 말을 복원할 방법이 인간에게 있기는 한 것일까. 위의 인터뷰에서 한강은 연달아 이렇게 덧붙였다. "결국 저는 언어를 다루는 사람이고, 오직 언어로 뚫고 나아가고 싶어요. 언어라는 것이 저에게 주는 어떤 고통이 있는데, 그것과 싸우는 게 앞으로 제 숙제가 될 것 같습니다." 언어가 주는 고통과 싸우는 것, 즉 일상의 언어에 대해 불편한 이물감을 드러내는 것은 최초의 말이 지닌 순수성을 회복하기 위한 최소한의 방법이 될 수는 있겠다.

『희랍어 시간』에서 암흑의 공간에 있는 남자와 침묵의 공간에 있는 여자는 바로 이 같은 최소한의 방법을 적극적으로 실천하는 인물들이 아닐까. 시집 『서랍에 저녁을 넣어 두었다』에서 우리는 이 두 남녀의 흔적을 어렵지 않게 찾을 수 있다. 「저녁의 소묘」와 「새벽에 들은 노래」라는 연작시는 그 제목만으로도 흥미롭게 읽힌다. 곧 어둠으로

뒤덮일 저녁의 공간에서 (듣지 않고) 그림을 보는 사람, 이내 눈앞의 모든 것이 분명해질 새벽의 공간 속에서 (보지 않고) 노래를 듣는 사람, 즉 어둠 속에서 오히려 보려 하고 빛 속에서 오히려 듣고자 사람은 모두 언어의 물질성을 활용한 일상적 소통의 익숙함을 거절한 자들이다. 시집의 첫 장에 놓인 〈시인의 말〉에서 한강은 "어떤 저녁은 투명했다.(어떤 새벽이 그런 것처럼)"라고 적었다. 어둠을 보고 빛을 듣는 그 불편한 세계가 그녀에게는 왜 투명한 세계가 되는 것일까. 순수한 관념으로서의 언어와 마주할 수 있는 세계이기 때문이다. 그 투명한 세계로 진입하기 위한 통로로 제시되는 것은 주로 "텅 빈 두 눈"(「해부극장」)과 "혀가 없는 말"(「해부극장 2」)이다. 그래서 시인은 "어떤 저녁은 피투성이/(어떤 새벽이 그런 것처럼)"(「저녁의 소묘」)라고 적기도 했다. 피투성이의 고통과 더불어 말 자체도, 그리고 말과 동거하는 인간의 영혼도 비로소 진실할 수 있다고 시인은 굳게 믿고 있다.

지구 반대편의 도시에서 씌어진 「거울 저편의 겨울」 연작에서 도구로서의 언어가 아닌 존재로서의 언어와 진실하게 마주하는 시인의 모습이 환기된다. 이제껏 발 디디고 살던 곳과 밤낮은 물론 계절까지 정확히 반대인 낯선 공간에서 시인은 자꾸만 눈을 감는다. 낯선 공간에서 씌어진 시들이 주로 그곳의 풍경들을 신기한 눈으로 스케치하는 것과는 사뭇 다른 모습이다. 흔히 타지를 방문한 사람들이 눈앞에 펼쳐진 풍경들에 섬세하게 반응하는 것은 소리에 둔감해지기 때문이기도 하다. 말이 통하지 않는 곳에서 들려오는 사람들의 목소리는 그저 분절되지 않은 소리의 덩어리로 감지될 뿐이다. 마치 침묵의 공간에 있는 듯 느껴질 정도로 말이다. 침묵 속에서라면 눈앞에 있는 사물들이 더 명징해져야 마땅하다. 그리고 그 명징하고도 낯선 풍경 속에서 오히려 자기 스스로가 낯설어지는 경험이 뒤따라야 한다. 그러나 마치 "거울 뒤편"(「거울 저편의 겨울 7 ─ 오후의 미소」)에 있는 듯한 느낌이 드는 그곳에서 시인이 마주하는 것은 주로 "텅 빈 눈 한 쌍이 나를 응시"(같은 시)하는 모습이거나 "눈먼 남자 둘"이 나란히 걷는 모습(「거울 저편의 노래 8」)이다. "지구의 핵"(「거울 저편의 겨울」)을 사이에 두고 내가 살던 곳과 정반대편에 위치한 그곳에서 시인은 주로 침묵과 암흑을 만난다.

　　나의 도시가
　　거울 저편의 도시에 겹쳐지는 시간
　　타오르는
　　붉은 테두리만 남기는 시간

　　거울 저편의 도시가
　　잠시 나의 도시를 관통하는
　　(뜨거운) 그림자

마주 보는 두 개의 눈동자가

동그랗게 서로를 가리는 순간

완전하게 응시를 지우는 순간

얼음의 고요한 모서리

(아직 피투성이로)

짧게 응시하는 겨울

의 겉불꽃

———「거울 저편의 겨울 4 — 개기일식」 부분

시인은 "달의 원"과 "태양의 원"이 정확하게 겹치는 개
기일식처럼 지구 반대편의 도시가 "나의 도시"와 완벽하게
일치하는 신비에 대해 생각하고 있다. 개기일식의 순간에
는 태양이 달의 그림자에 온전히 가려짐으로써 한낮의 시
간에도 암흑을 경험하게 해준다. 한강은 지구 반대편에서
의 거울 보기를 이 같은 개기일식의 암흑에 비유한다. 흔
히 낯선 곳에서의 우리는 시차와 거리감을 분명히 감지하
며 스스로를 보다 객관적이고도 명료하게 점검해보곤 하지
만, 이 시의 '나'는 시차와 거리감이 무의미해진 공간에서
오히려 자기 안으로 맹렬히 침잠하는 자신을 발견한다. 타
자화된 '나'를 발견하는 것이 아니라, 마치 거울 없이 맨눈

으로 자신의 얼굴을 들여다보는 듯 스스로에게 집중하는 것이다. 이때의 응시는 "완전하게 응시를 지"울 정도로, 즉 "얼음"처럼 차가운 "거울"의 표면을 녹여버릴 정도로 뜨겁다. 물론 그 뜨거운 응시는 "피투성이"의 고통을 필요로 한다. 마치 해석 불가능한 꿈속에 있는 듯 어떤 언어로도 이해 불가능한 자신의 진실과 마주하는 응시이기 때문일 것이다. 「거울 저편의 겨울 9—탱고 극장의 플라멩코」를 연달아 읽어보자. 시선을 정면에 고정한 채 맹렬하게 플라멩코를 추고 있는 사람의 "이글거"리는 눈빛 속에서 시인이 발견한 것은 마치 "태양 또는 죽음"처럼 "마주 볼 수 없는 걸 똑바로 쏘아"보려는 사람의 얼굴에 새겨진 "공포 또는 슬픔"이다. 거울을 통하지 않고 자기 자신을 직접 보려는 사람처럼 마주할 수 없는 것을 기어이 보고자 하는 "피 흘리는 눈"(「피 흐르는 눈」) 앞에서 과연 어떤 일이 펼쳐질까. 소리도 없고 빛도 없는 침묵과 어둠의 공간에서 시인이 발견하는 것은 순수한 언어의 존재이다.

한 사람의 영혼을 갈라서
안을 보여준다면 이런 것이겠지
그래서
피 냄새가 나는 것이다
붓 대신 스펀지로 발라
영원히 번져가는 물감 속에서

고요히 붉은
영혼의 피 냄새

이렇게 멎는다
기억이
예감이
나침반이
내가
나라는 것도

스며오는 것
번져오는 것

만져지는 물결처럼
내 실핏줄 속으로
당신의 피

어둠과 빛
사이

어떤 소리도
광선도 닿지 않는
심해의 밤

——「마크 로스코와 나 2」 부분

  선이 아닌 단지 면으로 이루어진 마크 로스코의 거대한
추상화를 마주하고 있는 심정을 한강은 "어떤 소리도/광
선도 닿지 않는/심해의 밤"에 들어앉아 있는 느낌으로 그
려낸다. 그 침묵과 암흑의 공간에 놓여 "내가/나라는 것
도" 잊은 채 시인은 천천히 자신의 실핏줄 속으로 번져오
는 "당신의 피"를 느낀다. 그리고 그렇게 "당신의 피"를
감지하는 그 생생한 느낌이 바로 누군가의 영혼을 들여다
보는 심정일 것이라고 생각해본다. 영혼의 만남을 위해서
는 소리도 빛도 방해가 될 뿐이다. 그렇다면 이 시에서 명
명한 "당신"은 과연 누구일까. 1970년 11월에 태어난 시
인은 1970년 2월에 양쪽 손목을 칼로 그어 죽은 화가와
자신이 "죽음과 생명 사이"(「마크 로스코와 나─2월의 죽
음」)에서 비슷한 모양의 영혼을 공유하고 있다고 생각했
을 것이다. 〔이 시에서 소개되는 일화는 『바람이 분다, 가
라』(문학과지성사, 2011)에 등장하기도 한다.〕 그러니까 이
시의 "당신"은 내가 하나의 점으로 잉태되던 순간 죽음을
선택해버린 화가이다. 내가 생겨나던 그 순간 죽음의 공간
으로 들어감으로써 '나'의 명료한 삶이 결국 불가해한 어둠
(죽음)으로부터 탄생했다는 사실을 은연중 일깨워준 사람
이다. 죽음으로부터 삶이 탄생하고 어둠으로부터 빛이 탄
생했다. 이 시의 화자가 이러한 사실을 거대한 추상화의

침묵 속에서 깨닫고 있다는 점이 의미심장하다. 앞에서 우리는 언어가 그림의 침묵으로부터 생겨났다는 사실을 확인했다. 그렇다면 소리도 빛도 없는 공간에서 '나'의 실핏줄에 스며들고 있는 "당신 영혼의 피"를 우리는 언어의 영혼이라 불러볼 수도 있을 것이다.

봄빛과

번지는 어둠

틈으로

반쯤 죽은 넋

얼비쳐

나는 입술을 다문다

봄은 봄

숨은 숨

넋은 넋

나는 입술을 다문다

어디까지 번져가는 거야?

어디까지 스며드는 거야?

기다려봐야지

틈이 닫히면 입술을 열어야지

혀가 녹으면

입술을 열어야지

다시는

이제 다시는

——「새벽에 들은 노래」 전문

『서랍에 저녁을 넣어 두었다』에 실린 두번째 시이다. 시집에 실린 시들 중에서 가장 간결한 말로 이루어진 시에 속하지만 어쩐지 가장 오랜 시간을 들여 썼을 것만 같은 시다. 빛과 어둠의 틈으로 "반쯤 죽은 넋"이 비친다. 절반 쯤 죽은 넋은 이제는 껍데기로만 남은 타락한 언어를 가리 키는 것일까. 침묵과 암흑의 세계로부터 빛나는 진실을 건 져 올렸던 최초의 언어가 가진 넋은 어디로 사라진 것일까. 시인은 반쯤 죽은 언어의 넋에 대한 애도의 표시로 가만히 "입술을 다문다." 언어가 타락한 세계를 애써 거절하는 방 법은 오로지 침묵뿐이라는 듯이 말이다. 물론 언어가 주는 고통을 뚫고 나가는 것을 숙명으로 삼는 시인의 의지가 이 러한 소극적 행위에서 멈출 리 없다. 자신의 피 흘리는 육 체를 담보로 세계의 타락을 증명하고 순수한 영혼의 존재 를 확인하고자 하는 시인은 이제, 죽은 말에 대한 애도를 넘어 그 죽은 말을 되살리는 방법까지 생각해보고 있다. 그것은 어떻게 가능할까. 입술을 꽉 다문 채로 "봄은 봄" "숨은 숨" "넋은 넋"이라고 천천히 말해보는 이 시의 '나' 는 말을 처음 배우는 아이를 연상케 한다. 말을 배울 때 우리가 처음 접하는 것은 오로지 재귀적 용법만을 갖는 명 사들이다. 그 무엇의 이름도 아닌 오로지 자기 자신일 뿐 인 말들의 존재를 생각하며 자신의 영혼과 언어의 넋이 서 로에게 천천히 스며드는 순간을 기다리는 것이 '말과 동거 하는' 시인의 숙명이자 환희라고 이 간결한 시는 말해주고 있다. 일상의 언어에 익숙해진 혀를 녹인 이후에 비로소 천천히 입 밖으로 뱉어지는 말들이 모여 비로소 시를 이루 게 되는 것이라는 사실까지도 이 시는 몸소 보여주고 있다.

죽은 나무에 손을 뻗는 글쓰기

『서랍에 저녁을 넣어 두었다』는 1993년에 시인으로 등단한 한강이 거의 20년 만에 묶는 첫 시집이다. 한강이 오랫동안 써온 시를 한 편 한 편 읽다보니 그녀에게 소설보다 시가 먼저 씌어질 수밖에 없었던 이유, 시가 아주 천천히 씌어질 수밖에 없었던 필연적인 이유가 무엇인지 어렴풋이 알 것 같다. "어깨를 안으로 말고/허리를 접고/무릎을 구부리고 힘껏 발목을 오므려서" "지워진 단어"(「심장이라는 사물」)의 안으로 들어가고 싶다고 말하는 한강은 시인이 된 이후부터 줄곧 언어와 한몸이 되어 언어의 타락을 앓고 있다. 그리고 언어의 순수성을 회복하는 고통의 시간과 더불어 자신의 영혼이 구원되기를 바라고 있다. 이제껏 한강의 소설이 보여주었던 상처받은 영혼들은 침묵에서 진실된 말을 건져 올리려는 시를 쓰는 한강 그 자신이었을지 모른다는 생각도, 이 시집을 읽으며 하게 되었다. 육체의 고통 속에서도 마치 태양을 쏘아보듯 형형한 눈빛을 드러내보이던 인물들도, 꿈속의 이미지에 몰입하던 인물들도, 그리고 침묵의 그림과 마주한 채 천천히 붓질을 하던 인물들도 모두 시인 한강의 페르소나였을 것이다.

아이들이 말을 배우면서 그림을 그리기 시작한다는 사실에서도 알 수 있듯 애초에 그림과 말은 분절되지 않는 침묵의 공간을 그 기원으로 공유하고 있다. 말과 동거하는 인간으로서 한강은 침묵의 그림을 그리는 시인이자, 그러한 자신의 자화상을 그리는 소설가이다. 암흑과 침묵 속에서 시를 쓰는 한강이 있고, 시를 쓰고 있는 자신의 자화상을 그리는 소설가 한강이 있다. 한강의 소설에 등장하는 수많은 그림의 실재가 궁금했던 사람들은 이제 시집 『서랍에 저녁을 넣어 두었다』를 펼치면 된다. 이 시집 안에는 침묵의 그림에 육박하기 위해 피 흘리는 언어들이 있다. 그리고 피 흘리는 언어의 심장을 뜨겁게 응시하며 영혼의 존재로서의 인간을 확인하려는 시인이 있다. 뜨겁고도 차가운 한강의 첫 시집은 오로지 인간만이 지닌 '언어─영혼'의 소생 가능성을 점검해보는 고통의 시금석인 셈이다. 죽은 나무를 향해 부서진 손을 뻗는 듯한 한강의 고통스러운 글쓰기 작업은 아마 앞으로도 꾸준히 지속될 것이다. "살아 있으므로" 당연한 일이다. 달의 그림자에 가려 붉은 테두리로만 존재하던 태양이 개기일식이 끝나는 순간 다시금 빛을 내기 시작하는 것처럼, 우리는 한강의 더딘 작업 속에서 훼손된 언어와 영혼이 본연의 빛을 되찾는 순간을 분명 목격하게 될 것이다. 이 시집의 마지막 시를 옮겨 적으며 글을 마친다. ▨

죽은 나무라고 의심했던
검은 나무가 무성해지는 걸 지켜보았다

지켜보는 동안 저녁이 오고

연둣빛 눈들에서 피가 흐르고
어둠에 혀가 잠기고

지워지던 빛이
투명한 칼집들을 그었다

(살아 있으므로)
그 밑동에 손을 뻗었다

──「저녁의 소묘 5」 전문